除非

朝霞有一天赶上晚霞

〔俄〕玛丽娜·茨维塔耶娃 著
娄自良 译

南海出版公司

新经典文化股份有限公司
www.readinglife.com
出　品

玛丽娜·茨维塔耶娃

目录

“一条小路从山冈上向下伸展……”[①]

一条小路从山冈上向下伸展，
仿佛在孩子们的脚下追随，
奥卡河总是像睡意蒙眬的如茵草地，
懒懒地微波荡漾。

阴影里几处钟声敲响，
一声紧似一声，
声声颂扬善良和往事，
颂扬那童年的时光。

哦，那些日子，清晨多么美妙，
多么美妙的晌午和日落之前！
铁锹是一柄柄长剑，
茅屋就是君王的城堡。

你们去了哪里啊，远在他乡？

---

① 《奥卡河》组诗四首之一。这里反映了诗人在奥卡河上小城塔鲁斯的童年印象。诗人喜爱这个地方的自然景色，终生不忘。

是什么横亘在我们之间？
花坛上锦葵一片，
依旧睡意沉沉地轻轻摇荡……

1911 年

“你踯躅着，挺像我的身影……”

你踯躅着，挺像我的身影，
两眼瞅着地下。
我也曾低垂着眼睛！
过路的人啊，请你停下！

采一束毛茛和罂粟花，
读一读吧，——
我的名字叫玛丽娜，
曾经度过几多年华。

不要以为，这是一座坟墓，
我的幽魂会从中出现，令人恐怖……
当初我就是太爱笑，
在不可以笑的时候！

血液浸润皮肤，
秀发卷曲飘拂……
我也曾经活过呢，过路的人啊！

过路的人啊，请你停下！

折一茎野草吧，
再采一颗野果。
墓地的草莓，
最大最甜美。

你不要把头垂在胸前，
神情沮丧。
请你轻松地把我想念，
也轻松地把我遗忘。

光芒多么灿烂地照耀着你！
你全身笼罩在金色的尘埃里……
但愿我发自泉下的声音，
没有惊吓了你。

1913 年 5 月 3 日

“我的诗，写在年少的时光……”[①]

我的诗，写在年少的时光，
那时，我还不懂得我是诗人。
诗句，仿佛喷泉飞溅的水珠，
仿佛焰火飞迸的火星，

仿佛一群小鬼
闯进梦和馨香的殿堂。
我关于青春和死亡的诗啊，
——谁也不读的诗章！——

散落在书店里，蒙着尘埃，
（无人问津，不论过去还是现在！）
我的诗，好像名贵的美酒，
自有风靡的时候。

1913 年 5 月，科克捷别利

① 茨维塔耶娃在 20 世纪 30 年代曾说，这首诗的最后一节是对她“毕生写作命运（和生平）预先做出的概括”。

“此刻我伏在床上……”[①]

此刻我伏在床上，
激情如狂！
如果您愿意
做我的学生，

我就会立即跃起。
——您听见吗，我的学生？

身穿萨拉曼德拉和温迪娜[②]
金色和银色的衣衫，
我们将坐在火光熊熊的壁炉边，
脚下铺着地毯。

夜、炉火、月色……
——您听见吗，我的学生？

---

① 这首诗是写给M.C.费尔德施泰因的，他后来娶了诗人的丈夫谢尔盖·埃夫隆的妹妹。

② 萨拉曼德拉和温迪娜是中世纪传说中的火精和水精。

我要恣肆地——我的马
欢喜四蹄如飞！——
把往日的情怀
付之一炬：那一束束

旧的玫瑰和旧的书籍。
——您听见吗，我的学生？

当一切化为
一堆灰烬，——
天哪，我将把您
变成怎样的奇迹！

老头儿成了翩翩少年！
——您听见吗，我的学生？

一旦您重新
投身于科学的羁绊，

我依旧站着，
幸福地背起双手，

领会到你是一位——伟人！
——您听见吗，我的学生？

1913 年 6 月 1 日

给外婆[①]

椭圆形的端正的脸庞，
喇叭筒似的黑色连衣裙……
豆蔻年华的外婆！谁曾亲吻
您的倨傲的嘴唇？

您的手曾在宫廷的厅堂
演奏萧邦的华尔兹……
您的容颜冷若冰霜，
螺旋似的发绺在两旁下垂。

严峻的目光阴郁地直视。
一副凛然的神情。
这不是少妇的眼神啊，
年轻的外婆，您是怎样的人？

您把多少可能，

① 这首诗是诗人看了莫斯科住宅中的一幅画像有感而作。后来她才了解到，那其实是外曾祖母的画像。

又把多少不可能
带进了贪得无厌的黄泉，
年方二十的波兰女郎！

碧空如洗，清风送爽。
暗淡的星光已经消隐。
外婆！我心底这激越的骚动
不是来源于您？

1914 年 9 月 4 日

“柔情缱绻……”

柔情缱绻——
因为我即将离别人间，
我一直在思量，
留给谁，狼皮衣裳。

留给谁，舒适的羊毛花毯，
细巧的手杖和灵猩[①]，
留给谁，我的银镯——
它镶满了翡翠……

还有所有的笔记
和难免凋谢的鲜花……
我的最后一个韵脚——和你，
我的最后一个漫漫长夜！

1915 年 9 月 22 日

---

① 一种善跑的猎犬。

“怎会有这样的柔情？……”[①]

怎会有这样的柔情？
这样的鬈发并非初次
轻抚，也曾亲吻过
比你更殷红的唇。

星星升起又消隐，
（怎会有这样的柔情？）
也曾有一双双眸子升起又消隐，
在我的眼前。

月黑之夜
我还不止听过这样的歌呢，
（怎会有这样的柔情？）——
偎依在歌手的胸前。

怎会有这样的柔情？

---

① 茨维塔耶娃有几首诗是献给诗人曼杰尔施塔姆的，这首诗是其中之一。这个时期他常来莫斯科，也有唱和之作。

可叫我如何是好，
淘气的少年，过路的歌手啊，
没有谁的睫毛比你的更长？

1916 年 2 月 18 日

失眠[①]

1

失眠在我的眼周
描下指环似的阴影。
失眠把花圈似的阴影
描在我的眼周。

可不！夜里
你不要再向偶像祈祷！
偶像崇拜者啊，
我已经暴露了你的隐秘。

你还嫌不够，尽管有白天，
有太阳的光焰！

面容苍白的女子啊，

① 组诗《失眠》作于 1916 年。后来诗人把写于 1921 年的一首（第十一首）也列入这一组诗之内。

戴着我的这双指环[①]吧！
你呼唤——却唤来了一片
花圈似的阴影。

你对我的呼唤还少？
你与我共寝还少？

你将躺下，容颜清癯。
人们鞠躬如仪。
我，失眠，将在
你的灵前诵读圣诗：

——睡吧，你已得到安息，
睡吧，你已得到赏赐，
睡吧，你已寿终正寝，

① 意指眼睛周围由于失眠而出现的黑影。这里的“我”即失眠，是拟人的写法。第一节中的“我”原是指失眠者，从第二节起一变而为失眠对失眠者讲话的口气。

妇人。

为了你更易入睡，
我要做你灵前的歌手：

——睡吧，不知安宁的
闺中之友，
睡吧，我的明珠，
睡吧，苦于失眠的朋友。

不论我们曾与谁书信往还，
不论我们曾向谁信誓旦旦，
你只管睡吧。

形影不离者
终于分离。
你终于
撒手而去。

亲爱的女圣徒，
你终于受完磨难。

长眠神圣。
人人都要谢世。
花圈似的阴影已经退尽。

1916年4月8日

2

我爱
捧着手儿亲吻，也爱
给人亲昵的称呼，
还有——我爱
把大门
敞开——向着茫茫黑夜！

双手把头搂紧，
倾听沉重的脚步
远去，渐渐轻微，
仿佛风儿摇曳着
如梦的、不眠的
森林。

唉，这夜！
何处泉水潺湲，
令人睡意沉沉。
我已微微入梦。
此夜何处
正有人沉入水底。

1916 年 5 月 27 日

3[①]

在我庞大的城市里——茫茫黑夜。
我从沉睡的屋里——悄悄离去。
人们心中萦回着：妻女，
而我的记忆里只有：黑夜。

七月的风为我吹拂着——路径，
某处那窗口的音乐——隐约可闻。
唉，今宵的风，直至黎明
将吹过薄薄的胸壁——直透胸腔。

有一株黑蒙蒙的白杨，那窗口闪着灯光，
还有塔楼的钟声，手中鲜花一枝。
还有这脚步——不追随任谁的足迹，

---

① 组诗《失眠》的第三至第十首是因 H.A. 普卢采尔－萨尔纳（1881—1945）而作。他是诗人的朋友，在她生活艰难，处于困境时，曾帮助她，支持她。

还有这影子，而我——不在此处。

灯火——仿佛金珠缀成的丝缕，
嘴里是夜间嫩叶的清香。
让我摆脱白昼的羁绊吧，
朋友们，要懂得，我是在你们的——梦乡。

1916 年 7 月 17 日，莫斯科

4

经过不眠之夜，浑身软弱，
慵倦，不知此身属谁。
悠缓的血管阵阵酸胀——
而你笑靥迎人，仿佛六翼天使。

经过不眠之夜，手臂酸软，
敌与友都毫不萦怀。

每个细小的声音都是一片灿烂的虹彩，
在这严寒里蓦地忆起佛罗伦萨。[1]

嘴唇闪着温柔的光泽，深陷的眼边
阴影更显得一抹金黄。夜，点燃了
这灿然的容貌，——只有我们的眸子
由于黑夜而更加幽黯。

1916 年 7 月 19 日

5

今宵我是天上来宾，
探望你的家乡。
我见到森林失眠，

---

① 曼杰尔施塔姆献给茨维塔耶娃的诗《在少女合唱的嘈杂声里……》（1916 年 2 月）有一句是：“温情脉脉的圣母升天节——莫斯科城里的佛罗伦萨。”这里是对它的应和。

田野梦酣。

夜色里，何处马蹄声骤，
炸得绿草飞扬。
寂静的牛栏，
母牛沉重地嗟叹。

我将怀着忧伤
和深深的柔情，
向你讲述那守望的大雁
和安睡的雁群。

双手深深探进狗毛里，
狗——一抹灰白。
后来，时近六点，
已是拂晓天色。

1916 年 7 月 20 日

6

今夜我独对夜色——
一个夜不成眠的孤单修女！
今夜我有钥匙
把无与伦比的首都所有的大门开启！

失眠催我上路。
——啊，你多么美好，我的朦胧的
　　　　　　　　　　克里姆林宫！
今夜我亲吻胸脯——
那战火纷飞的地球！

竖起的不是毛发，而是兽毛，
而且窒息的风直透心房。
今夜我怜悯所有那些——
有人怜悯、有人亲吻的人。

1916 年 8 月 1 日

7

松树枝头，一声
娇弱的、尖细的啼叫。
梦里，我见到了
黑眼睛的婴儿。

幼小的红松，
温热的松脂纷纷滴落。
某夜，我的心
被锯齿阵阵拉过。

1916年8月8日

8

你黑得像眸子，像眸子，吮吸着
光明——我爱你啊，机灵的夜。

赐我歌喉吧，让我把你赞颂，啊，
歌曲之祖，你掌管着四面八方的风。

在我呼唤你、赞美你的时候，我只是
海洋的潮声尚未沉寂的一片贝壳。

夜啊！我已经看够了人间的眸子！
让我化为齑粉吧，你这黑色的太阳——夜！

1916 年 8 月 9 日

9

夜晚有谁入睡？谁也没有就寝！
婴儿在摇篮里哭泣，
老人坐待死亡的来临，
年轻的男子与爱人絮语，
对着她的唇呼吸，对着她的眼凝视。

一旦入睡——你还能在此处醒来？
且慢，且慢，且慢入睡！

警觉的守夜人挨家
走过，手提淡黄的灯笼。
狂热的梆子频频敲击，
在枕边震响：

——莫睡！忍着！我是好意相劝！
否则，便是永眠！否则，便是荒冢！

1916年12月12日

10

又是一个窗口，
人们还不曾睡下。
也许，在饮酒，
也许，在闲坐。

或者不过是两个人
不愿松手。
朋友，家家都有
这样的窗口。

你，夜色里的窗口——
离别和相逢的最强音！
也许，灯火辉煌，
也许，只是烛光三点……
没有，我的心头
没有安宁。
我的家也有了
这样的窗口。

你祈祷吧，朋友，为这不眠之家，
为这闪着灯光的窗口！

1916 年 12 月 23 日

11[①]

啊，失眠！我的朋友！
我又在无声的
喧嚣的夜
见到你
递来酒杯的手。

——沉湎吧！
请抿一口！
我与你
不是携手高翔，
而是沉入深渊……
双唇沾一沾酒！
亲爱的！朋友！

---

① 这首诗为T.Φ.施廖策尔而作。她是斯克里亚宾的未曾举行婚礼的妻子，当时已经孀居，因苦于失眠而早逝（1922年春）。诗人曾不止一次在病榻边陪夜。

请抿一口！
沉湎吧！
把此杯干了！
对一切激情——
不为所动，
对一切消息——
处之泰然。
——女友啊！——
赏光吧。
开启你的朱唇！
用你双唇的全部温柔
把雕花酒杯的杯口
噙住——
吮吸，
痛饮：

——别这样！——
啊，朋友，莫见怪！

沉湎吧！
把这杯干了！
此情最豪迈，死也
风流……沉湎吧！
从我的手中把这杯干了！

世界已经消隐。在乌有乡——
大水漫过堤岸……
——喝，我的宝贝！在水底
是溶化的珍珠无数……

你在啜饮大海，
你在啜饮彩霞。
孩子，与哪位情人狂饮
堪比你我这般
沉醉？

若有人问（我会怂恿！），

为何芳颜憔悴，——
我与失眠共醉，你就说，
我与失眠共醉……

1921 年 5 月

献给勃洛克的诗[①]

1

你的名字——捧在手中的小鸟，
你的名字——含在舌上的冰屑。
是双唇美妙绝伦的翕动。
你的名字——四个字母组成。
是在飞动中被凌空接住的球，
是含在口中的银铃。

石头投在静静的池塘里，
一声哽咽，仿佛在呼唤你。
在深夜轻捷的马蹄声里，
你的名声远播，掠过大地。
对着鬓角，扳机清脆地一响，
也向我们喊着这个名字。

---

① 诗人与勃洛克并不相识。1920 年 5 月 9 日和 14 日勃洛克在莫斯科朗诵诗作时，茨维塔耶娃曾见到他两次。她对勃洛克的景仰之情，终生不渝。

你的名字——噢，受不了！——
你的名字是一个吻：吻着眼睛，
吻着不动的眼睑的一片娇柔的寒意。
你的名字——一个亲吻白雪的吻，
一眼碧绿的、凛冽的甘泉。
心里揣着你的名字——睡梦多么酣甜。

1916年4月15日

2

温柔的幻影，
完美的骑士，
谁让你
闯入我年轻的生命？

你站在一片
蓝色的雾霭里，

一袭雪白的衣衫。

不是风
赶着我漫步街头。
唉，已是第三个黄昏，
难忘冤家的身影。

蔚蓝的眼睛
那揪心的一瞥，
白雪也似的诗人。

雪白的天鹅
将羽毛铺在我的脚下。
羽毛飘飘，
缓缓化为一片白雪。

于是，踏着羽毛
我走向门口，

门外——就是死亡。

他在对我歌唱，
在蓝色的窗户外面。
他在对我歌唱，
宛如远处的一串铃声，

用那悠长的喊声，
天鹅的啼声——
将我召唤。

亲爱的幻影！
我知道一切都是梦境。
发发慈悲吧：
阿门，阿门，你快幻灭吧！
阿门。

1916年5月1日

3[①]

你朝太阳的西方走，
你必见到傍晚的光。
你朝太阳的西方走，
风雪正把足迹掩上。

雪花飘飘，一片寂静，
你，薄情人，从我窗前走过，
我的漂亮的圣徒，
我心灵中静谧的光！

你的情——我不敢觊觎！
你的道路不可阻挡。
我决不把我的钉子
钉在你的由于一吻而苍白的手上。

---

① 这首诗的起首两行是《圣经》中两句祷词的改写。“静谧的光”“荣耀的圣者”也取自同一篇祈祷文。

我也不把你的名字呼唤，
我也不把我的双臂向前伸展。
只是远远地鞠躬致意，
朝着你那蜡似的圣洁的容颜。

唉，冒着缓缓飘落的雪花，
我在雪地里跪下
并且为了你的圣名
将傍晚的白雪亲吻——

这里，你曾经以庄重的脚步
在漫天飘雪的寂静中走过，
静谧的光——荣耀的圣者——
我的心灵的主宰。

1916 年 5 月 2 日

4

野兽要窝，
漂泊者要路，
死者要灵车。
各有所需。

女人爱作假，
沙皇需治国，
我要把你的美名
颂扬讴歌。

1916 年 5 月 2 日

5

在我的莫斯科，圆屋顶熠熠生辉，
在我的莫斯科，正钟声长鸣，

这里，陵寝排成一列，
沙皇和皇后在其中长眠。[①]

你可不知道，在克里姆林宫的朝霞里
呼吸多么舒畅，胜过世界的任何地方！
你可不知道，在克里姆林宫的朝霞里
我在向你祈祷，直至晚霞满天。

你在涅瓦河沿岸漫步
的时候，我正站在莫斯科河边，
把头低低地俯在胸前，
路灯闪着惺忪的倦眼。

我爱你，度过了不眠的长夜，
我思念你，度过了不眠的长夜——
这时，在克里姆林宫里
那些撞钟人正在醒来。

---

① 克里姆林宫的天使大教堂中有俄国沙皇的陵园。

但是，我的河流与你的河流，
但是，我的手与你的手
永难相聚，亲爱的，除非
朝霞有一天赶上晚霞。

1916 年 5 月 7 日

6

都说是个人才！
却将他逼得死去。
现在他死了。永别了。
——哀悼吧，为死去的天使！

夕阳西下的时候，
他曾讴歌黄昏的美景。
而今三点蜡黄的烛光摇曳，
寄托迷信的哀思。

他曾把他的光芒——
那炽热的心弦洒向雪原。
而今只把三支蜡烛
献给太阳！那光明之源！

唉，看看——
他的黑色的深陷的眼睑！
唉，看看——
他的已经折断的双翼！

黑衣僧侣在念念有词，
还有一批懒散的闲人……
——死去的诗人静静地躺着，
庆幸今朝的闲暇。

1916年5月9日

7

也许，在那一片小树林后边，
就是我住过的村庄。
也许，爱情不像我的预期
那样扑朔迷离。

——嗨，该死的，快跑吧！——
驭手欠起身来，扬起鞭子。
随着一声吆喝，一鞭抽下，
于是铃儿又清脆地响起。

一片颠簸的稀疏的庄稼，
电线杆儿一根掠过又一根升起。
电线在蔚蓝的天空下
歌唱，歌唱着死亡。

1916年5月13日

8

那围着悠闲的马匹的雾似的牛虻，
那迎风飘动的鲜红鲜红的卡卢加土布，
那鹌鹑的啼啭，那辽阔的天穹，
那在麦浪上空滚动的钟声的阵阵声浪，
那关于德国人的传说，至今还引人入胜，
那快意的暑热，那处处耀眼的光芒，
还有你的名字，听起来就像是：安琪儿。

1916 年 5 月 18 日

9[①]

仿佛一线微光透过地狱的黑雾沉沉——
你的声音穿过炮弹的隆隆声浪。[②]

---

① 写于 1920 年 5 月 9 日勃洛克晚会之后。

② 这一天莫斯科有几座军火库爆炸。

且听，在轰隆声中，宛如一位六翼天使
以低沉的声音向大众昭示，——

这声音仿佛来自古代雾霭迷蒙的早晨——
昭示他对我们的爱，我们——芸芸众生，

爱我们，因为蓝色的斗篷，因为背信弃义的罪戾……
而把最温柔的爱献给她——最深地沉入黑夜

从事艰难事业的女子！
他宣称仍然爱着你啊，俄罗斯。

焦躁不安的手指，在鬓角
搓来搓去……他还宣告，

我们将迎来怎样的岁月，怎样被上帝所欺，
而你呼唤太阳，[①] 太阳却不再升起……

---

① 指勃洛克在这次晚会上所朗读的一首诗：《合唱之声》。

于是，一个形影相吊的囚徒，
（或者是一个赤子在梦里絮语？）

在我们——广场上大众的心目中
就是勃洛克一颗神圣的心的化身。

1920年5月9日

10[①]

这就是他，你瞧，倦于异国之游，
一位没有侍从的领袖。

他，掬水而饮于高山的湍流，
一位没有领地的王侯。

---

① 据诗人笔记本中的附注，第十至第十三首诗均写于勃洛克逝世后的第九天。

在那边，一切属于他：领地、军队、
谷物，还有慈母。

这可观的遗产，——且去拥有，
没有朋友的朋友！

1921 年 8 月 15 日

11

他的朋友啊，不要去惊动他！
他的仆人啊，不要去惊动他！
那面容表示得非常明确：
我的王国不属于这个世界。

不祥的暴风雪曾在血管里回旋，
伛偻的两肩曾被双翅压弯，
好像天鹅，魂魄已逝，

透过那会啼啭的鸟喙——凝结的火焰！

落下吧，落下吧，仿佛沉重的青铜！
翅膀已经领略过它的权利：飞翔！
呐喊过“回答呀！”的双唇
知道，世界上没有死亡！

啜饮彩霞，啜饮大海——他纵情
痛饮——无需安灵祭！
在创造万物的上帝那里，
他有丰足的饮食！

1921 年 8 月 15 日

12

在平原的上空——
是天鹅的啼叫。

妈妈，难道你没有认出儿子？
那是他在遥远的白云上面，
向你最后一次道别。

在平原的上空——
是不祥的暴风雪。
姑娘，难道你没有认出情郎？
衣衫褴褛，血染双翼……
那是他最后的叮嘱：——活下去！

在那妖魔之上——
是荣耀的飞升。
正直的人夺回了灵魂——和撒那[1]！
流刑犯获得了温暖和平安。
弃儿回到了母亲的家园。——阿门。

1921年8月15日至25日

---

① 基督教徒颂扬上帝或祈福之词。

13

不是击穿了肋骨——
是翅膀已被打折。

不是枪手把胸膛射穿。
那是无法取出的子弹。

无法治愈翅膀。
带着伤残徊徨。

*　*　*

恼人，恼人，这荆棘之冠！
斯人已逝，何需庶民的竦然，

何需妇人的轻薄的谄媚……
他去了，孤独而漠然，

那无目雕像似的空冷
使暮色为之冷凝。

在他身上，只有一样
还有勃勃生机：那折断的翅膀。

1921年8月15日至25日

14

没有呼唤，没有一言半语，
仿佛工人从屋顶失足落下。
也许，你又一次
来临，——正在一个摇篮里安睡？

光芒闪烁，永不暗淡，
一颗初升的巨星……
哪一个平凡的妇人

正摇着你的摇篮？

心灵中神圣的负荷！
未卜先知的幽怨的芦苇！
噢，谁能告诉我，
你睡在哪一个摇篮？

“别让他被人出卖！”
满怀这样的冲动，
我要在俄罗斯大地上
作一次伟大的寻访，行色匆匆。

我要把北国
纵横踏遍。
在哪里，他的伤口，
他的蓝灰色眼睛？

搂住他！把他搂紧！

爱他呀，只是爱！
噢，谁能悄悄地告诉我，
你睡在哪一个摇篮？

几颗珍珠，
沉寂的轻纱帐幔。
女睡帽的尖齿似的影子——
那不是月桂，而是黑刺李的投影。

不是纱帐，而是鸟儿
展开雪白的双翼！
——重新诞生，
要把风暴重新掀起？！

把他抢过来！高高举起！
决不能被人夺去！
噢，谁能向我透个信儿，
你睡在哪一个摇篮里？

可是，也许我的壮举成空，
辛劳尽付东流。
既然埋入泥土，也许
你将睡到号角响起的时候。

你那深陷的太阳穴
又落入我的眼底。
这样的深深的倦意，
即使是号角也不能把你唤起！[①]

广袤的牧场，
万籁俱寂，一片萧然，
看守人将向我指点，
你睡在哪一个摇篮。

1921 年 11 月 22 日

---

① 意为睡到世界末日。《圣经》说，那时天使们将以号声召集所有的生者和死者，接受上帝的审判。

15

如梦，如醉，
怅然，惘然。
两个太阳穴：
一片不眠的良心。

空漠的眼窝：
一片死气，一片光明。
释梦者、无所不见者
的一具空漠的水晶。

难道不是你
经不住她衣衫窸窣
的诱惑——
在途经冥土峡谷的时候？[①]

---

① 指的是关于古希腊歌手和音乐家俄耳甫斯及其妻欧律狄刻的神话故事。他到了冥土，要把妻子领出来。不过在给欧律狄刻带路的时候，他是不该回头看的。可是他没有忍住，于是永远失去了她。

难道不是这颗
充斥着美妙音响的头颅[1]
在睡意沉沉的赫布尔河上
随波漂流？

1921 年 11 月 25 日

16

是的，上帝！把我的一个奥波尔[2]
也收下吧，修建神殿[3]。
我不是赞颂自己的爱情如愿
而是哀歌自己祖国的创伤。

不是守财奴生锈的钱柜——

---

① 俄耳甫斯的头。神话说，他受尽酒神女祭司们的折磨，他的遗骸和竖琴被她们抛入赫布尔河（色雷斯马里查河的古称）。

② 古雅典辅币。

③ 指《圣经》中关于一个贫穷的寡妇的寓言，她把两枚雷普塔（辅币）投在耶路撒冷神庙的库里。

而是被膝盖磨穿的花岗石！
英雄和沙皇献身大众，
你也献身，义士和歌手，即使生命已逝。

在第聂伯河上摧折坚冰，
不因载一叶棺木而羞赧，
罗斯[①]在复活节向你涌流，
仿佛千万人的声音汇成的春汛。

是的，心啊，你哭泣、赞美吧！
让你的哀恸——已是千百回！——
使生死之恋也要嫉妒。
有一个人正为万人同悼而欢欣。

1921 年 12 月 2 日

---

① 在 11 世纪至 17 世纪的史料中，指俄罗斯的土地，俄国的疆土。

“惨白的太阳和低低的、低低的浮云……”

惨白的太阳和低低的、低低的浮云，
在白色的墙壁里面，傍着菜园，是乡村的坟茔。
沙地上，稻草扎成的刺杀靶，
一人来高，森然排列在绞刑架下。

我从栅栏上探身张望，
只见：土路、树木、乱纷纷的士兵。
年迈的农妇，啃着撒上粗盐的黑面包，
在咀嚼，咀嚼，孤零零地站在篱笆门边……

灰色的茅舍怎么惹怒了你啊，
上帝！——又为什么射穿那么多人的胸膛？
一列火车过去了，一声吼叫，士兵们也在狂嚎，
往后退走的道路上，尘土飞扬，飞扬……

得啦，还是死了吧！与其听着这样的嚎叫，
从未诞生岂不更好，——听听吧，

那关于黑眉毛的美人的凄楚哀号。

喔唷，士兵们还在唱呢！ 噢，我的老天哪！

1916 年 7 月 3 日

“我要夺取你……”

我要夺取你，向每一片土地、每一片天空，
因为树林是我的摇篮，也是我的坟墓，
因为我站在土地上——只靠一只脚支撑，
因为没有谁能像我一样对你唱赞歌。

我要夺取你，向每一个时刻、每一个夜晚，
无视那些飘拂的金色旗帜、紧握的利剑，
我抛弃了钥匙，从台阶上把狗全都赶走——
因为在人间的夜色里我是最忠心的狗。

我要夺取你，向所有的人、也向那个她，
你不会是任何人的新郎，我不会是任何人的妻子，
而在最后一次搏斗中我要得到你——你住口！——
我要向那人夺取，他曾在夜间和雅各[①]站在一起。

可是，只要我不把你的双手交叠在你的胸前——

① 《圣经》中，雅各是以色列三大圣祖之一，曾与神摔跤，直至黎明（《旧约·创世记》）。

哦，该死！——你就只剩下了你自己：
你的双翅伸向天空，——
因为宇宙是你的摇篮，也是你的坟墓！

1916 年 8 月 15 日

“……我想与您同居”

……我想与您同居，
在某个小镇里，
那里有永恒的黄昏
和永恒的钟鸣。
还有乡村小饭店里——
那古老的时钟
清脆的滴答声——仿佛时间在点点滴落。
傍晚，有时某处屋顶阁楼会出现一支——
长笛，
而吹长笛者本人也在窗口。
窗台上还摆放着几朵硕大的郁金香。
而您，也许甚至并不爱我……

* * *

房间中央是砌着瓷砖面的俄式火炉，
每一片瓷砖上有一幅小画：
一朵玫瑰，一颗心，一艘帆船。——

而在仅有的一扇窗外只见——
雪、雪、雪。

您会躺下——我爱您的那种模样：慵懒、
淡然、漫不经心，
偶尔响起擦火柴
刺耳的声音。
香烟燃着，又渐渐熄灭，
于是在它的一端久久地颤悠着
短小的灰色圆柱——那是烟灰。
您甚至懒得把它弹掉——
于是整支烟向火里飞去。

1916年12月10日

“世界的飘泊在夜雾弥漫中开始……”

世界的飘泊在夜雾弥漫中开始：
那是树木在夜色朦胧的土地上徜徉，
那是串串葡萄在漫游，仿佛金色的酒浆，
那是星星在挨家儿游览，
那是江河开始了回流的行程！
我也渴望来到你的怀抱里——安眠。

1917 年 1 月 14 日

“与我们共度长夜的亲爱的旅伴啊！……”

与我们共度长夜的亲爱的旅伴啊！
漫长、漫长、漫长的路和又干又硬的面包……
吉卜赛人的大篷车隆隆向前，
迎面奔腾而来的大河，波涛——
隆隆……

啊，在吉卜赛风光的美艳绝伦的朝霞里——
你们可还记得那清晨的风和银白的草原？
那山坡上蓝色的轻烟
和献给吉卜赛人首领的——
歌曲？……

在漆黑的深夜，在亭亭如盖的枝叶下面，
我们向你们献上像夜一样美的儿子，
像夜一样赤贫的儿子……
而夜莺在啼啭——
赞美。

我们菲薄的酒宴和赤贫者的深情，
美妙时光的旅伴啊，留不住你们。
一堆堆篝火烈焰飞腾，
我们的地毯上，落下了点点——
繁星。

1917 年 1 月

唐璜

——选自组诗

1

严寒的黎明，
在第六棵白桦树下，
在教堂的拐角处，
等着我吧，唐璜！

可是，唉，我以
未婚夫和生命向您起誓，
在我的祖国，
没有地方可以接吻！

这里没有喷泉，
井水已经结冰，
而圣母的眼神
多么严峻。

为了不让美貌女子

听见荒唐的话语，
我们有教堂
那分外响亮的钟声。

也许，我会就这样生活，
可是，我怕年华老去，
而且这片土地，
美男子啊，与你也不相宜。

哎呀，穿一件熊皮皮袄，
要认出您来真难，
如果不是
您那销魂的唇，唐璜！

1917 年 2 月 19 日

2

在雾蒙蒙的黎明，
暴风雪久久地号泣哀伤。
唐璜已经长眠，
皑皑白雪作床。

没有潺潺的喷泉，
没有星光灿烂……
一个正教十字架
放在唐璜的胸前。

为了让你觉得
永恒的夜也有一线光明，
幽冥中的人啊，
我给你带来塞维利亚的折扇。

为了让你亲眼看见

女性的美，
今夜，我给你
带来我的心。

现在你安睡吧！……
从那些遥远的地方
你来到我的身边。你的名单上
列满了芳名，唐璜！

1917 年 2 月 19 日

3

在阅历了那么多玫瑰、城市和祝酒以后——
哎呀，难道您
还不倦于爱我？您，几乎是一副骸骨，
我，几乎是一个幽灵。

我又何必知道，您曾经向上天
祈求美意？
我又何必知道，我的头发飘着
尼罗河的气息？

不，最好我给您讲一个故事：
那是在一月里。
有人抛下一朵玫瑰。戴着面具的修士
正提着灯笼走过去。

一个醉意蒙眬的声音在大教堂的墙边
祈祷和嗟怨，
就在此刻，卡斯蒂尔的唐璜
邂逅了——卡门。

1917 年 2 月 22 日

4

正是——午夜时分，
月亮——像一只山鹰。
“为什么那样看我？”
“不为什么。”

“喜欢我吗？”“不。”
“认识我？”“也许。”
“我是唐璜。”
“而我，是卡门。”

1917年2月22日

5

唐璜有一柄佩剑，
唐璜的身边有唐娜·安娜。

关于那美貌的、倒霉的唐璜，
这就是人们告诉我的一切。

不过今天我很机灵：
正当午夜，我来到大路上。
有一个人与我并肩而行，
喃喃地呼唤着芳名。
而在雾霭里闪着一根奇异的白色手杖……
——唐璜的身边，没有唐娜·安娜！

1917 年 5 月 14 日

6

一条丝腰带落在
他的脚下——好像诱惑人的蛇……
人们说，将来，在那泉下
我才会安静。

我看见在白色锦缎上
自己那傲慢、苍老的侧影。
而在某个地方，有吉卜赛女郎、
吉他和身披黑斗篷的青年。

一个人躲在面具下：
“您猜我是谁！”“不知道。”“你猜呀！”
于是一条丝腰带
落在乐园似的圆形广场。

1917 年 5 月 14 日

斯杰潘·拉辛[①]

1

漫天的风随着金色的晚霞睡去，
夜色好像山崖渐渐地挨近，
伴着南国那位高贵的郡主，
暴躁的首领悄然安息。

拥抱着少女娇柔的双肩，
仰着头颅，他在出神地谛听，——
从他那燥热的帐幕上面，
传来夜莺清脆的啼声。

1917 年 4 月 22 日

① 1667 年至 1671 年俄国农民起义的领袖。传说他爱上了被他俘获的波斯公主，几乎引起内讧，为平息事态，他把公主投入伏尔加河。

2

夜，笼罩着伏尔加河，
梦，笼罩着伏尔加河。
图案艳丽的地毯已经铺上，
首领和郡主双双躺下，
那是黑眉毛的波斯女郎。

看不见星光，听不见波涛的声浪，——
只有桨声和夜色茫茫！
首领的一叶轻舟趁着黑夜
载走了妖娆的波斯姑娘。

夜，听见了——
这样的絮语：
“你就不愿意
挨近我？
比起我们的那些婆娘，

你是一颗明珠！
我就那样狰狞可怖？
我永远是你的仆人啊，
波斯姑娘！
我的俘虏！”

*　*　*

而她——眉尖紧蹙，
细长、细长的眉，
而她——眼睑低垂，
一双波斯人的眼。
唇间只漏出了
一声叹息：
“查利－艾金！”

*　*　*

伏尔加河上，红艳艳的朝霞，
伏尔加河上，风光如画。
醉醺醺的一伙在大声喧嚷：
“首领，起来吧！”

睡得太久了，同那异教的母狗！
瞧，美人儿的眼睛哭得又红又肿！
她呀，仿佛死去一样。
嘴唇咬得血迹斑斑。
首领倒竖的眉毛在不住地打颤。

“你对我们的床帐没有情意，
狗东西，就到河里去受洗礼！”

明朗的天空，
黑沉沉的水底。
船尾上，留下了小巧的
红鞋一只。

斯杰潘站着，好像威严的橡树，
面容惨白，双唇也失去了血色。
他摇摇晃晃。——“啊，多么难受！
扶住我，混蛋，——我两眼发黑！”

瞧瞧，这就是波斯姑娘，
被俘的女郎。

1917年4月25日

3
（拉辛之梦）

拉辛做了一个梦，仿佛梦见
湖沼里的一只白鹭在哀鸣。
拉辛做了一个梦，宛如听见
银白的水珠在点点滴落。

拉辛梦见了，水底下
地毯似的铺满了鲜花。
还梦见了一个面影，
那被遗忘的黑眉毛的娇娃。

她坐着，宛如圣母的模样，
用线将一颗颗珍珠穿起，端庄从容。
他想把心事向她讲一讲，
却只有双唇在翕动……

窒息啊，宛如
玻璃碴儿嵌在胸中。
一幅玻璃帷幕在他俩之间游移，
恰似睡意蒙眬的卫士。

*　*　*

“朝霞里，伏尔加河上，

艄公驾着轻舟顺流而下。
为什么你在我的身边
只留下一只鞋呀？

“谁愿意让美貌的姑娘
只穿一只鞋呢？
我可要来找你啊，朋友，
索还另一只！”

于是手镯儿丁零丁零，丁零丁零：
“斯杰潘的幸福啊，沉没了，沉没了！”

1917年5月8日

吉卜赛的婚礼

马蹄下——
尘土飞扬！
脸蛋儿——
蒙一幅面纱如盾。
媒人们，闲逛去吧，
年轻的情侣走了！
嗨，飞奔吧，
鬃毛飘飘的骏马！

双亲不让我们
如愿以偿，——
旷野便是我们
新婚的卧床！
未饮美酒已先醉——
这是吉卜赛新人在驰骋！

杯子满了，

杯子干了。

吉他乱奏，明月照着尘埃。

腰肢儿左右摇摆。

吉卜赛人成了公爵！

公爵是吉卜赛人！

嗳，少爷，当心：酒可凶呢！

这是吉卜赛新人在宴饮。

那儿，在一堆

披肩和皮袄上，——

是钢与唇

的交响。

项链应和着

马刺丁当。

在谁的手下，绸衣

哧地一响。

谁嚎叫起来，像狼，
谁在打鼾，像牛……
这是吉卜赛新人在梦乡。

1917 年 6 月 25 日

古老的爱情的迷雾

1

海岬的黑色轮廓的上空
悬着明月，仿佛骑士的铠甲。
码头边——高筒礼帽和裘皮衣裳，
但愿是：一位诗人，一位女演员。

风的凄厉的呼啸啊，
北国园林的呼吸，——
还有那凄厉的悲伤的叹息：
“不要把我的书信乱扔！”

2

就那样，双手插在衣袋里，
我站着。碧蓝的水路闪着波光。
——再爱上一个人吗？——
清晨你就要扬帆远航。

伦敦城的热切凄迷的浓雾——
在你的眼中升起。这又何必，嗨……
我只记住——你的嘴
和你的激情的呼喊：——青春莫误！

3

爱情洗尽了那娇艳的
红晕。且尝试一下，
眼泪——多么苦涩。只怕
明晨起身，我已是行尸走肉。

请从印度给我捎来宝石。
我们何时相见？——在梦里。
——多么轻率！——向夫人致意，
还有那位绿眼睛的女士。

4

嫉妒的风把披巾抚弄，

早已注定，我要遭逢这个时刻。
只觉得在眼底、嘴角
似有无穷的悲哀涌动。

腿弯一阵发软！……
——这是它呀，上帝之箭！
——霞光熠熠！——今天
我将是疯狂的卡门。

* * *

……就那样，双手插在衣袋里，
我站着。我们隔着汪洋大海。
城市笼罩着——迷雾、迷雾。
古老的爱情的迷雾。

1917 年 8 月 17 日

“喧闹的小树林……”

喧闹的小树林——
已被樵夫伐尽。
上帝的着意安排——
人作了变更。

再不见小树林轻轻摆动——
满眼是斑斑锈迹的树根。
在亲人的笑语里，
我仿佛听见你忧郁而陌生的声音。

我仿佛总是看见
你忧郁的眼睛那美妙的眼圈。
——我和你分不开了，
分不开的敌人。

1917 年 8 月 20 日

“原谅我吧，我的山冈！……”[①]

“原谅我吧，我的山冈！
“原谅我吧，我的江河！
“原谅我吧，我的庄稼！
“原谅我吧，我的草地！”

妈妈在给士兵戴上十字架。
妈妈和儿子即将永别……
从歪斜的茅舍又传出一声：
“原谅我吧，我的江河！”

1918 年 5 月 14 日

① 手稿中有一则附注：“一个士兵的真实的祷告。弗拉基米尔的婶婶娜嘉所述。”

“我是你笔下的一页……”

我是你笔下的一页。
承受一切。我是一张白纸。
我是你精神财富的保管员：
一定会给你百倍的报偿。

我是乡村，是黑土。
你给我阳光和雨水。
你是上帝和君主，而我——
是黑土——也是白纸！

1918 年 7 月 10 日

“仿佛左手和右手……”

仿佛左手和右手——
你的心灵和我的心灵意气相投。

我们亲密无间，幸福而亲切，
仿佛左翼和右翼。

然而风暴乍起，一个深渊
便纵贯于左翼和右翼之间！

1918年7月10日

“天使般的骑士……”

天使般的骑士——
一种责任！——天堂的哨兵！
墓前的白色雕像
活在我百感交集的心间。

在我长着双翅的背后
有成长中的一名神职人员，
每个夜晚的暗中监护，
每个清晨的敲钟人……

激情、青春、傲慢——
一切都毫不犹豫地屈服，
因为你曾第一个对女奴
道一声：夫人！

1918 年 7 月 14 日

“头发上扎个红蝴蝶结！……”

头发上扎个红蝴蝶结！
头发上扎个红蝴蝶结！
可我亲爱的男友
正在站岗警戒。

他冒着冷风，
当头一弯冷月，
站在王帐外面
就像一根木橛。

我悄悄向他走近——
一声响亮的喝问：口令！
“是我呀！”“走开吧，
我的国王在这里安寝！”

“是我，亲爱的，
是你的心上人呀！”
“这里不是胡闹的地方，

我要把你扣押。”

“你的国王啊，
可别睡过了做日祷的时刻！”
“第三次，也是最后一次：
走开，我说！”

一声枪响。我便会
无声无息地倒在帚石南上。
他会望望北方，
又望望南方，

望望东方和西方，
——站岗可大意不得！
头发上扎个红蝴蝶结，
头发上扎个红蝴蝶结！

1918 年 11 月 10 日

“不，迷人的朋友……”

不，迷人的朋友，我不再与你
共享闲暇的时光。
我正和新的朋友交往，
一个新的朋友，一个浪子。

你有华美的宫殿，
他有树林和荒原，
你有军队、士兵，
他有海边的沙滩。

今天同他在海里嬉戏，
明天在森林里与狼作伴。
每夜都睡不同的床铺，
今天睡铺路石子，明天睡山岩。

而且，先生，他喜欢亮堂，
就像过复活节那样：
今天月亮是我们的灯，

明天星星为我们照明。

他曾是令人艳羡的骑士，
可亲的嘉宾，高贵的王子，——
可是一见我的一双眼睛，
他就把自己的部队舍弃。

1918年11月10日

伪君子

——选自组诗

与我交朋友不行，爱我——不可以！
美丽的眼睛啊，要看看仔细！

舢板会漂流，磨盘会旋转。
你岂能制止你那多变的心意？

笔记本作证，你不会成为绅士！
我岂能为伪君子的行径而歔欷不已？

爱情的十字架很沉重，我们可别碰它。
昨天过去了，就让我们把它埋葬吧。

1918年11月20日

寄语百年之后的你[1]

在我亡故后的一个世纪，
你将来到世上，——
现在我为你而执笔
　　畅叙必死者的衷肠：

朋友啊！不要把我寻觅！人世沧桑！
甚至年迈的老者也已经把我遗忘。
不能吻你了！我隔着忘川[2]伸出双臂。
　　忘川的水，一片茫茫。

我看见啦，你的眼睛像两堆篝火，
炯炯地凝视着坟墓——地狱，
瞥见了伊人，她不会移动纤手，
　　一百年前已经与人间诀别。

---

① 茨维塔耶娃的草稿本里有一则笔记：“昨天一整天想着一百年后的那个人，并且给他写诗。诗写好了——他会出现的。”

② 古希腊神话中阴间的一条河，阴魂饮了这条河的水就忘却生前的一切。

我手握自己的诗稿：几乎成了
一抔尘土！我看见了：你风尘仆仆，
探寻着我曾经诞生，或将要死亡的
　　那幢房屋。

你睥睨着迎面相逢的活泼而欢乐的女子，
我真得意，我倾听着你的话语呢：
“附庸风雅的一群！都是死人！
　　只有她才活着！

“我曾经为她效劳，心甘情愿，
我知道一切隐秘和她琳琅满目的钻戒！
盗窃死者的妇人们！——这些戒指
　　都是从她那儿偷来！”

噢，我的上百枚戒指！多么心疼，
我第一次这般追悔，
当初胡乱赠送了多少，却不曾

　　盼得与你相会！

而且我还满怀忧伤，
就在今天这个傍晚，我曾经
久久地追随西下的夕阳，——
　　去迎接你：通过漫长的百年。

我敢打赌，你会向黑沉沉的坟墓投去诅咒，
把我的朋友们深深埋怨：
"当初，你们同声赞美她！粉红的衣衫
　　却不曾赠送一件！

"谁比她还更无私？！——不，我很自私！
既然你不能把我杀死，何必隐瞒：
我曾经向人人祈求书信，
　　为的是在夜里亲吻。"

说吗？——说吧！生存与否原是假定。

现在你就是我最多情的佳宾，
而你将拒绝最娇美的情妇，
　　为了伊人—— 一堆骸骨。

1919 年 8 月

“给我们讲讲春天吧！……”[①]

——给我们讲讲春天吧！——
孙儿们对老太婆说。
可是，老太婆
摇一摇头，这样回答：
——春天造孽呀，
春天可怕。

——那么给我们讲讲爱情吧！——
最漂亮的一个孙儿向她唠叨。
可是，老太婆
凝视着灯光，回答道：——唉！
——爱情造孽呀，
爱情可怕！

在晨曦中，在院子里，
童稚的声音久久地当歌唱：

① 在手稿本中归入一组《献给索涅奇卡的诗》，该组诗是献给女演员C.E.戈利黛（1896—1935）的。

——爱情造孽呀，
爱情可怕……

1919 年

“哦，我简朴的家！……”

献给谢·埃

哦，我简朴的家！一个穷苦的农户！
什么也比不上自己的故土！

比不上这小窗口，我们在这里一起忧伤，
比不上这傍晚时分简单的轻轻一吻，
吻在面颊上，偏离嘴唇……

一天过去，门闩插上了。
噢，一个无爱无梦之夜！

——所有过度劳累的收割者之夜，——
以便次日天未明、鸡未啼

便尽心竭力顽强地
为儿女们操持。

哦，要知道，即便在白雪皑皑的时候，
我的小土丘上也不会没有鲜花朵朵……

1920 年 5 月 14 日

“就这么走出家门，被烦恼所驱赶……”[①]

“我不想——不能——也不会让您受委屈……”

就这么走出家门，被烦恼所驱赶，
——因为你！——我要以女性的全部记忆、全部渴望、
全部激情——把你忘掉！——我仿佛大海的波涛
顺着所有的枪刺、麻袋和人群飞跑。

哦，水花四溅的大海的巨浪
沿着苏维埃的波瓦尔石街！

我向打盹的狼狗俯下身去——忽然——
你的眼睛！双手伸向圣像——
那是你的！哦，要是你没有眼睛，没有手，
我便不会记住它们，不会记住它们，不会记住！

于是，一个冲刺，仿佛湍急的波涛，
我猛攻那些难以攻克的房屋。

---

① 这首诗献给线条画画家 H.H. 维舍斯拉夫采夫（1890—1952），全部组诗共有二十九首。

依次吻遍所有的人们。
我在窗口俯视。——莫斯科在辽阔的圆圈中央。
须知全莫斯科都爱我呀——啊，这就是你的家……
我笑、笑、压低嗓门在笑。

我琢磨五岁时孩子气的话：
——“没有您我们寂寞，有你又觉得好笑”……

就这样，缠绕着花环的孩子们，
在讲梦话：“我怕，有人在砍树根——
一个波兰人……喂，什么呀？——怎么了？——没有消息？”
——“没有，不过，有呀：他不爱我了！”

答话惊动了丈夫，
于是我走向那位妻子——倾听，像朋友一样嫉妒。

诗歌——鲜花——（谁不为诗歌赠
我以鲜花？）双手捧着——一场暴风雪！

阴影在屋顶上蔓延。——向前！向前！
要沿着人们的环形杂技场

把讨厌的记忆赶到尽头，——
但愿这些记忆不再出现，让我得以如愿！

避开你，仿佛避开黑死病，
沿着整个莫斯科——迈开舞步
绕圈子、绕圈子、绕圈子，直至天色黑尽——
终于在自家门口

停下脚步，喘息不止……
——立刻走进家门，为的是再重新找到——你！

1920年5月17日至19日

“我在石板上写……”

献给谢·埃

我在石板上写，
在褪色的折扇上写，
在河边、海滨的沙滩上写，
用冰鞋在冰上写，用指环在玻璃上写，——

也在经历了数百个冬天的树干上写……
最后，——为了让人人知道！——
我爱你！爱你！爱你！爱你！——
还用彩虹尽情地在天上写。

我多么幸福，人人都与我一起
青春焕发！形影不离！
后来却又把额头抵在桌上，
狠狠地勾掉一个又一个名字……

而你，我这个无行的文人把你紧紧
捧在手里！你螫痛我的心啊！

不曾被我遗弃！你，在指环的里面！[①]

永远铭刻在我的心间。

1920 年 5 月 18 日

① 指婚戒的内侧镌刻着丈夫谢·埃（谢尔盖·埃夫隆）的姓名。

我被钉在……

1

我被钉在耻辱柱上示众，
怀着一颗古朴的斯拉夫人的良心，
胸中有毒蛇在咬，额上带着罪人的烙印，
我要说，我是一个清白无辜的女人。

我要说，我的内心安宁，
犹如领圣餐者面对圣餐时的宁静，
那不是我的过错，如果我站在广场上
伸手乞求——乞求幸福，空怀憧憬。

请翻检我所有的财产吧，
告诉我，——难道我的双目如盲？
我哪里有黄金，哪里有白银？
在我的手中只有一撮灰烬。

这便是我所得到的全部施舍，

我曾向幸运儿们谄媚地哀哀乞讨，
这便是我的全部所有，带着它
前往默默拥吻的天涯海角。

2

我被钉在耻辱柱上示众，
我还是要说，你是我的情之所钟。

我还是要说，没有一位母亲
会如此深情地望着自己的孩子。
我要说，我愿意代替羁于事业的你
去死，坦然地放弃生命。
你无法理解，——我的话语苍白无力！——
对于我，耻辱柱还不够刺激！

如果团队把军旗交付给我，
而你却手执另一面军旗，高高飘扬，

突然在我面前出现，那会怎样——
我的手一定僵如木石，把军旗轻抛……
于是我把这最高的荣誉践踏，——
低低地俯伏于你的脚下。

你亲手把我钉在耻辱柱上，
这柱子就仿佛是一棵小白桦，在一片青青的草地上。
而且那不再是众人杂沓的脚步，
——而是清晨的鸽哨声声……
我付出了一切，决不再交出这根黑柱，
即使是交换贞德那红色的光轮！

3

你要这样。——好吧。——哈利路亚。
我亲吻那只打我的手。

我把推我胸脯的手搂在胸前，

让你惊奇地听到——全无恼意的一片寂静。

让你然后露出漠然的微笑：
“我的孩子变得听话了！”

不是第一天，而是多少个世纪啦，
我把你，这只手，搂在胸前，——

一个修士的冷得炙人的手！
啊，埃洛伊兹！——阿伯拉尔[①]的手！

仿佛圣坛上的雷霆，——愿你把我击毙！
——你啊，白色闪电般扬起的鞭子！

1920 年 5 月 19 日

---

① P. 阿伯拉尔（1079—1142），法国哲学家、神学家和诗人。他同埃洛伊兹（约 1100—1164）的爱情悲剧在他们的通信中有所反映。他们被迫分离，双双出家。

“诗篇和星座……”[①]

诗篇和星座就是不肯饶恕我。
而这就是所谓的——惩罚，
因为每一次，

当我伸展身躯俯首于伤神的诗行，
在自己宽阔的前额下所寻觅的
只是星辰，而不是眼睛。

因为我承认您是独裁的君主，——
噢，英俊的埃罗斯[②]，没有您，
我就没有片刻的清闲！

因为在深夜，在朦胧的诗情画意中，
我在温柔红润的双唇间所寻觅的——
只是韵脚，而不是嘴唇。

---

① 作者的一句话仿佛是这首诗的注解：“人在地球上的唯一使命是忠实于自己，真诗人总是他们自己的囚徒；这堡垒比彼得－保罗要塞更坚固。”
② 埃罗斯，希腊神话中的爱神。

惩罚我是因为在最凶恶的法官面前，
我像雪一样洁白无瑕，因为这里，在左胸下——
有永远圣洁的心灵！

因为和青年男子沃斯托克单独相处
我在自己高高的前额上所寻求的
只是彩霞的光辉，而不是玫瑰！

1920年5月20日

“有的人是石雕，有的是泥塑……”

有的人是石雕，有的是泥塑，——
而我银光闪亮！
我的使命是变化，我的名字叫玛丽娜[1]，
我是大海上倏忽即逝的浪花。

有的是泥塑，有的是血肉之躯——
他们才需要棺木和墓石……
我在大海的圣水盘里受洗，
不断在自己的飞跃中跌为粉碎！

我自行其是，冲过
每一颗心，冲过每一面网。
我呀，——你不见这轻佻的卷发？——
谁也不能把我造就为大地之盐[2]。

我撞碎在你们花岗岩的膝上，

---

① 玛丽娜（Marina），拉丁语意为“海的”。
② 在俄语中，盐这个词也用于转义，表示最优秀、最有价值的人物或东西。

又随着每一个波浪而复活！
万岁浪花——快乐的浪花——
大海上高高飞迸的浪花！

1920 年 5 月 23 日

“在我珠泪滴落的地方……”

在我珠泪滴落的地方，
明天将有月季花儿开放。
我曾经编结花边，
明天，我要织网。

我不是要大海，而是要整个天空，
不是要大海，而是要整个大地。
那不是普通的渔网——
我是在把我的诗歌之网编织！

1920 年 6 月 15 日

“即使我伸出手……”

即使我伸出手——
也猜想——你不会吻它。

告诉我，偶遇的人，
沿着江河的蓝色水道

我会来到什么大海？
死在什么样的杯子里？

——巨浪的一击将使你仰面倒毙——
可这样的巨浪还没有生成。

你的每一个杯子都将是空的。
你本人——海洋将用双唇来迎接。

你要一个接一个把杯子打碎，
海洋啊，快让碎片沉入水底！

* * *

即使我握住你的手——
你也别猜想——我会吻它。

我这样语无伦次，仿佛蜘蛛
纠缠在自己结的网里。

——愁眉深锁，就是不明白——
我这是怎样的命运？

1920 年 7 月

弟子[①]

> 说一说，我在沉思什么？
> 风里雨里，披着斗篷，
> 夜深人静，披着斗篷，然后
> 装入棺材，披着斗篷。

1

做你的一个淡黄头发的小厮，——
噢，悠悠岁月！
披一件弟子的粗布斗篷，在你风尘仆仆的紫袍后面
追随跋涉。

穿过汹涌的人潮，捕捉
你那令人雀跃的声息——
斗篷仿佛一个精灵，以你的呼吸为生命，

① 献给十二月党人沃尔孔斯基的孙子谢尔盖·米哈伊洛维奇·沃尔孔斯基，他是戏剧活动家和作家。茨维塔耶娃与他在1921年相识于莫斯科，有多年的友谊，对他极为尊敬。

——那轻风飘拂似的气息。

用肩膀挤开群氓，
比大卫王更所向披靡。
且做你的一袭斗篷，
遮蔽所有的欺凌，一切人间的委屈。

在酣睡的弟子们中间
做一个睡梦中也警觉的人儿。
当群氓举起第一块石头的时候，
我不再是斗篷——而是盔甲。

（噢，诗句不由自主地中断！
五内如焚！）
……于是傲然一笑——
抢先登上柴垛，迎受火刑。

1921年4月15日

2

有的时刻……[1]

——丘特切夫

有的时刻，恰似被遗弃的包袱：
我们内心的傲气黯然收敛，
忝为弟子的时刻啊，人生那
必有的庄严激动的瞬间。

在这崇高的时刻，在天意
指定的人的脚前我们放下武器，
在大海的沙滩上脱下紫红的军装，
换上驼毛的衣衫一袭。

噢，这个时刻，召唤我们
告别任性的岁月，去建立功绩，

① 题词取自 Ф.И. 丘特切夫的诗《幻影》。

噢，这个时刻，我们好像成熟的谷穗，
由于自身的分量而弯弯低垂。

谷穗已经长成，快乐的时刻已经敲响，
谷粒渴望着投入磨盘。
法则！法则！早在泥土里面
我就梦寐以求的那种磨难。

忝为弟子的时刻啊！不过，我们还知道
另一个世界，——已经朝霞似火，
你，那随之而来的孤独时刻，
对于这个世界可喜可贺！

1921 年 4 月 15 日

3

夕阳——更善良，

胜过正午的太阳。
暴烈而不和煦——
那正午的骄阳。

入夜之前，阳光
更淡漠、柔和。
阅尽沧桑，——再不愿
在人前炫耀。

帝王似的雍容
令人悚然，
夕阳——
诗人更为珍爱！

* * *

每天晚上
被黑暗击碎，

夕阳——决不向
群氓弯腰……

被推下御座的人啊，
想一想——福波斯[①]吧！
被推翻的人——不俯首
低眉，而是仰望苍穹。

噢，别在那邻近的
钟楼上徘徊逗留！
我要做一抹残照
最后逗留的那座钟楼。

1921 年 4 月 16 日

① 福波斯（意为“光亮的”），太阳神阿波罗的别名。太阳的光线被想象为他杀敌的金制的利箭。古希腊的雕刻艺术常以阿波罗为题材，以他的形象表现男性美。

4

白昼的重负
沉落在波涛那边。
一对永恒的伴侣
慢慢地登上山冈。

紧紧地——肩挨着肩，
无语临风。
两人的呼吸
在一件斗篷下轻轻流动。

沉睡着的明天的战争的统帅
和昨天的战争的统帅，
悄然而立，恰似一座
双重的黑色塔楼。

悄然而立，比蛇灵巧，

比鸽子更温柔，[①]
——圣父，把我们领回，
融进你的生命吧，圣父！

整个天空——遍布
上帝大军的烽烟。
斗篷，猎猎飘拂，
被两人的呼吸鼓动。

眼神闪着嫉妒，
在祈祷、埋怨……
——圣父，把我们领进暮色，
融进你的夜吧，圣父！

荒漠雾气漫漫，
欢庆夜的来临。

---

① 《圣经》中，耶稣曾对使徒们说："你们要灵巧像蛇，驯良像鸽子。"（《新约·马太福音》第10章第16节。）

像一颗熟透的果实，沉重地
落下："儿子！……"

在肮脏的住房
人群的喧嚣已经沉寂。
金色的山冈上
两个人—— 一片宁静……

1921 年 4 月 19 日

5

那个奇妙而充实的时光，
仿佛已是遥远的往事，
记得——肩并肩——朝着山冈
记得——我们款步而上……

多么美妙的结合：

奔泻的溪流潺潺细语，
而斗篷仿佛不尽的波浪
从肩头飘飘下垂。

往上，往上——高处
是最后一抹金光。
那是梦境的旋律：月色
迎着夕阳。

1921 年 4 月 21 日

6

激越华丽的
小号，不过是小草簌簌
——在你的面前。

威猛壮丽的

暴风雨，不过是小鸟啁啾
——在你的面前。

舒展俏丽的
鸟翅，不过是眼睑的微颤
——在你的面前。

1921 年 4 月 23 日

7

走过丘陵，那圆圆的、褪色的山冈，
顶着阳光，那强烈的、灰暗的阳光，
足登便靴，那怯弱的、轻柔的便靴——
跟着斗篷，那鲜红的、褴褛的衣裳。

走过沙漠，那贫瘠的、赤褐的沙漠，
顶着阳光，那炙人的、酣醉的阳光，

足登便靴，那怯弱的、轻柔的便靴——
跟着斗篷，紧紧跟上、紧紧跟上。

穿过波涛，那凶猛的、澎湃的波浪，
顶着阳光，那愤怒的、古老的阳光，
足登便靴，那怯弱的、轻柔的便靴——
跟着斗篷，那骗人的、骗人的衣裳……

1921 年 4 月 25 日

致信使[①]

锚链在格格作响，
前进吧，飞快的海上家园！
你带去了我的托付，
它比祝福更加虔诚！

迎着艰险，年轻的航海者呀！
向着那天蓝色的麦浪挺进！
你胜似弗尔图娜[②]，
你怀着一颗恺撒的心！

我的睫毛轻轻一扬，
能使天蓝色的狂涛平息！
我的呼吸鼓满你的船帆，
无需再借风力！

---

① 这首诗是献给爱伦堡的。其时他因公出国，随身带着茨维塔耶娃给丈夫埃夫隆的一封信，并答应找到埃夫隆。7 月 14 日茨维塔耶娃接到了丈夫最初的音信。

② 罗马神话中的命运女神。

握紧饱经风霜的手，
我在凝望。——你别信眼前幻影！
你携带的是女王陛下
亲笔书写的确凿的命令。

马刺般清脆的三言两语，
在战斗的风雷中的两只小鸟。
那是我的呼唤——已是千百回！——
呼唤那唯一的、唯一的人儿。

向着法制的阳光
普照穷人和权贵的国度，
你在衬衣和胸脯之间
带着一颗母亲的心踏上征途。

1921年7月3日

女巫与少年

千百年，千百年来
曾翻云覆雨。
此刻我弯腰曲背，一尊巫女的灰色岩石。

空漠的眼睛
向地下凝视。
我不再预言，——
已经无法启齿。

少年喃喃地
希求荣誉——
卑鄙心灵中衰朽凶残的蟒蛇。

沉重的眼睑
我已合上——以免流露心迹！
沉重的眼睑
虽已合上——却分明看见：

在这贫瘠的生活里——
只有光阴才是神圣庄严！
你的荣誉，瞧吧！不过是那一尊灰色的岩石。

少年喃喃地
希求荣誉——
卑鄙心灵中衰朽凶残的蟒蛇。

1921年9月1日

“在空寂的殿堂……”

在空寂的殿堂
我化作香烟、
谷粒和火焰
向头顶飘落……

猛禽瘆人的夜啼声声，
我伴着啼声而来应景。
我将是你的
一只玲珑的火盆，

一件家常的用具：
化忧解愁，
驱散长夜的岑寂，
暖一暖那双凡人的手！

从神的冷酷的胸前
将我抛开吧！
我得到的爱情，不论怎样，

那将是更深的爱!

多少束缚羁绊!
怎样的自由洒脱!
一半生命? 整个儿给你!
臂弯儿? 就在这儿!

因为，你要求得到，
因为，你引起万般苦恼，
因为，你有一双凡人的
惹人爱怜的手……

枉费心机！不必推敲
诗歌的格律!
要在怀里偎依，
将眼睛睁大，

你瞧，我来了，

不是言词，不是永恒：
只是你的唧唧喳喳的
糊涂人儿。

投入怀抱呀……
　　　　　——不要矜持！
默默地、倾心地
爱吧……像一只
贴得紧紧的——小燕子！

1922 年 6 月 26 日，柏林

诗人

1

诗人——从远处引导话语。
诗人——受话语的引导而远离本题。

写行星、写预兆……绕着弯子写突发事件
的沟沟坎坎……在**是**与**否**之间
他甚至从钟楼上扬起双手，
哄骗人们绕个大弯子……因为彗星之路——

即诗人之路。四处分散
的因果环节——这便是他的联系！您仰面朝天——
绝望了！诗人之“食”[①]
是历法所不可预测的现象。

他这个人把纸牌搅乱，
蒙骗重量和费用，

① 日有日食，月有月食，暂时地失去光辉，诗人之“食”暗指一时糊涂。

他却要求课桌负责，
要把康德彻底击溃，[①]

他置身于石棺巴士底狱之中，
却像一棵摇曳生姿的树……
这个人总是踪迹杳然，
是那谁也赶不上的一列
火车……

——因为彗星之路——

即诗人之路：燃烧，却没有暖意，
采摘，却不培植——只是爆炸和摧毁，——
你的人生之路，像鬈毛的曲线，
是历法所不可预测的现象！

1923 年 4 月 8 日

---

① 18 世纪德国哲学家康德主张道德的绝对主义。

2

世界上有多余的额外的人
从未纳入人们的视野。
您的手册里没有他们的姓名，
（他们的家是垃圾坑。）

世界上有内心空虚、被排挤
而沉默的人：——垃圾，
是您裙裾上的一枚钉子！
车轮下溅起的污泥！

世界上有虚构的难以见到的人：
（标记是：麻风病人皮肤上的红色斑点！）
世界上有约伯[①]们，人们会
羡慕约伯——倘若

① 约伯，《圣经》中的一个族长，上帝为了考验他的信仰，使他罹患麻风病，并丧失家庭和财产（不过，他终于获得上帝的丰厚奖赏）。

我们诗人——也与帕利亚[1]押韵，
不过，一旦摆脱堤岸而泛滥，
我们就会与女神们争夺上帝，
与诸神争夺处女！

1923年4月22日

3

我能怎么办呢，一个瞎子和继子，
在一个人人都有父亲、有视力的世界，
在这里，革除教门是家常便饭，
可怕！——这里把哭泣
说成——伤风！

我能怎么办呢，唱诗班一名有棱角

① 南印度“不可接触”的种姓之一，转义是：被鄙视而毫无权利的贱民。“押韵”在这里应是处境相同的意思。

的职业歌手！像电线！黢黑！西伯利亚！
我的一些宗教迷思的魅力啊——仿佛在跨越的桥上！
带着它们的轻灵
置身于秤砣的世界。

我能怎么办呢，一名歌手和先驱，
在这个世界，最黑暗的——也描绘成灰色！
人们仿佛把灵感封闭在热水瓶里！
带着灵感的无限性
置身于量度的世界？！

1923 年 4 月 22 日

哈姆雷特[1]和良心的对话

"她在水底，那里只有淤泥
和水草……她躺卧在水草
和淤泥里，——可是在那里她仍然失眠！"
"可是我爱她，
四万个弟兄的爱
也不及我如此钟情！"
　　　　　　"哈姆雷特！

她在水底，那里只有淤泥：
淤泥！……最后一顶花冠
飘浮在河边的原木上……"
"可是我爱她，
四万个……"
　　　　　　"那毕竟
还比不上一个情人的爱。

① 莎士比亚戏剧《哈姆雷特》的主人公，其未婚妻奥菲利娅投水而死。

她在水底，那里只有淤泥。”

“可是我

爱她？？”

1923年6月5日

布拉格的骑士[①]

面容苍白的卫士，
耸立在时代的波涛之上。
骑士，骑士，
你守护着千里碧浪。

（唉，在这流水深处，
可有唇和臂的温馨世界？！）
哨兵，哨兵，
你看惯了情侣的诀别。

盟誓、指环……两情依依，
可是，四个世纪，
我们有多少人
已经石沉河底！

投水之路畅通无阻。

---

① 诗中讲的是捷克人民的传奇英雄、骑士布伦斯维克的雕像。这座雕像位于布拉格，在查理大桥桥下，耸立在伏尔塔瓦河上。

让那水面漾开蔷薇朵朵！
遭到遗弃，自戕！
这便是对你的复仇！

我们——
情怀依旧！
将不倦地在桥头寻仇。
张开呀，张开

你的翅膀！——投入泥淖，
投入浪花——仿佛投入锦绣！
过桥费[①]嘛——
这一回恕不再付！

“从不祥的桥上
跳下呀——鼓起勇气！”
布拉格的骑士，

① 当时过桥要付费。

我无愧于你。

在这河里，是甜蜜
还是忧伤——对于你，
凝望河水的骑士啊，
尽在眼底。

1923 年 9 月 27 日

与元灵[1]的交谈

一顶顶赞美的桂冠
落在头上。
“可是我已不能歌唱！”
——“你能！”——“音响

已从胸中消隐，
仿佛牛奶流尽。
（请注入
燕麦粉！[2]）

空虚。干巴。
在生意盎然的春宵，
只有一种枯枝的感觉。”
——“陈词滥调！

① 在罗马古典文化时期，罗马人认为元灵是依附于人的护身神。城市、家庭、村社和民族也都有各自的元灵——守护神。茨维塔耶娃把他视为缪斯的男性化身、诗人的灵感、“庇护诗人”的精灵。

② 俄罗斯人用燕麦粉加水、牛奶和植物油制成食品。

得啦，不要把人欺诓！”
“往后我还是
砸石头去！”
——“那也得歌唱！”

“怎么，我是灰雀，
要整日地
歌唱？”
——“别这么说，
小鸟儿，你要唱！

别让敌人得意！”
“要是连两行诗句
我也不会联结？”
——“又有谁本来就会？！”——

“苦刑！”——“忍耐！”
“歌喉已丧——

仿佛刈过的草地！”——“嘶叫吧：
那不也是——音响！”

“那是雄狮的事业，不是
妇人所宜。”——“那是孩子的事：
被人开膛破肚——
还是唱——且看俄耳甫斯！”

“在棺材里也唱？”
——“是的，即使在棺材盖下。”
“我不会唱呀！”
“那就以不会唱为题，唱吧！”

1928 年 7 月 4 日，梅东

“你的诗何用……”

——你的诗何用——
好像老婆婆的梦。
——而我们，是在另一个
时代寻梦。

——你的诗使人生厌——
好像老爷爷的叹息。
——而我们，是在另一个
时代巡礼。

——去吧，请随岁月流逝！
——岁月只是从身边流去……

* * *

而在罗斯，是否
会有诗歌存在——

且问流水，

且问后代。

1931 年 9 月 14 日

“当我望着飘零的树叶……”

当我望着飘零的树叶
向鹅卵石的路面飘然坠落，
仿佛画家在完成一幅画的时候，
用画笔将它们从枝头扫落，

我便想起（无论我的身姿，
还是默默沉思的面容，谁也不再爱慕欣赏），
触目枯黄，锈色斑斑，
树梢上有这样一片树叶——已被遗忘。

1936年10月下旬

“向着蔚蓝的天空睁大眼睛……”

向着蔚蓝的天空睁大眼睛，
你惊呼：——会有雷雨来临！

对着那过路人一扬眉梢，
你惊呼：——会有爱情的狂潮！

透过那冷漠的灰蒙蒙的苔藓，
我惊呼：——会有诗思如泉！

1936 年

献给捷克的诗[①]

九月

1

富饶而又辽阔
的国土，唯一的忧伤：
捷克人没有——大海。
如今捷克人有了——海洋，

那是泪海：何必还要盐！
储备充足，哪怕岁月悠悠！
三百年奴役，
二十年自由。[②]

---

① 组诗创作于 1938 年 9 月和 1939 年 3 月所发生的事件期间。在 1938 年 9 月的《慕尼黑协定》中，捷克斯洛伐克的苏台德区及与奥地利接壤的南部地区被割让给德国。1939 年 3 月法西斯德国占领捷克斯洛伐克全境。这些事件使诗人极为震惊。但她说，她要歌唱这个国家，而不是为它哭泣。

② 1620 年，在反抗哈布斯堡王朝的起义被镇压以后，捷克丧失了民族独立，沦为奥匈帝国的组成部分，直至 1918 年成立了独立的捷克斯洛伐克国家。

不是飞鸟的闲散，
而是神和人的自由。
二十年辉煌灿烂，
二十年一切方言

共存于统一的民族
的和平的国度。
三百年奴役，
二十年里：自由——

人所共享。灯火和家园——
人所共享。娱乐、学术——
人所共享。劳动——人人参与，
只要有一双手。

在田野和学校，
瞧，幼苗挺秀！
三百年奴役，

二十年自由。

捷克的贵宾们，
一起为当初作证吧：
播种——满把撒种，
建设——意气风发。

二十个年头
（而且还不满！）
世界上哪里有过
这样的思绪和歌声。

痛苦得一片灰色，
伏尔塔瓦河水呜咽：
——三百年奴役，
二十年自由。

仿佛一只雄鹰，

雄踞峭壁悬崖——
你如今怎么了，
我的疆土，我的捷克乐园？

山也被劈，
水也遭劫……
……三百年奴役，
二十年自由。

在乡村，一片幸福的锦绣，
红色、蓝色，五彩斑斓。
你如今怎么了，
捷克的双尾雄狮[①]？

群狐战胜了
林中之王！

---

① 双尾狮是捷克斯洛伐克国徽的一部分。

三百年奴役，
二十年自由！

听着，林中的每棵树，
听着，伏尔塔瓦！
雄狮与誓师押韵，
而伏尔塔瓦——讨伐。

你的全部灾难
只是暂时，岂会长久！
过了奴役的黑夜——
就是自由的白天！

1938年11月12日

2

群山，山羊的园地！
苍莽的丛林、
峡谷，俯视流水；
群山，昂首蓝天。

无比自由、
无比富饶的地方。
连绵的群山
是我儿子的故乡。[①]

峡谷，鹿的牧场，
为了不让动物受惊，
农舍遮蔽了灯光，
而在丛林——

---

① 茨维塔耶娃的儿子格奥尔基·谢尔盖耶维奇·埃夫隆于 1925 年 2 月 1 日生于捷克斯洛伐克。

任你到处走遍

也找不到一支猎枪。[1]

苍翠的峡谷

是我儿子的故乡。

在那里我曾把儿子扶养，

而悠悠逝去的，是流水？

是岁月？还是闪着

白光的鹅群？

……醋栗欢庆

夏季的诞生。

简朴的农舍

是我儿子的故乡。

在这里降生人间

---

① 20 世纪 20 年代诗人在捷克斯洛伐克居留时，该国树林是禁止砍伐的，并禁止在树林中狩猎。

就是生在天堂。
上帝创造了波希米亚[①]，
他说："光荣的地方！

大自然的一切恩赐，
一切——绝无例外！——
都比圣子的故乡
更加慷慨！"

捷克的地下：
丰富的水源和矿藏！
上帝创造了波希米亚，
他说："要辛勤劳动！"

在我儿子的故乡，
万物皆备，而没有
亲人的人，

① 捷克旧称。

一个也没有。

千夫所指，谁若侵占
这片安宁的乐园：
闪着锦鸡的羽毛，
鹿、兔为邻……

谁若出卖你，人所不齿，
永世不得宽饶！
啊，一切背井离乡者
历来依恋的祖国！

我的家乡，我的家乡，整个儿
被匆匆出卖，连那走兽，
那美妙的园林，
那山间的岩层，

还有那各族人民，

他们无家可归，正在旷野
呻吟：
　　　——祖国！
我的祖国啊！

上帝之国啊！波希米亚！
你不要颓然倒地！
上帝曾慷慨恩赐，
还会再度赐予！

你的所有的儿女
都举手宣誓——
为一切背井离乡者的
祖国捐躯！

1938 年 11 月 12 日至 19 日

3

地图上有一个地方，
一看就怒气勃发！
每一个小小的村庄
都在惨痛中挣扎。

边界的标杆
像利斧将国土分割。
世界的躯体有了
溃疡：它将侵蚀一切！

从门廊——到秀丽的
群山——到绝壁的鹰巢，
那沦于敌手的
方圆数千公里——

一片溃疡。

捷克人已经
长眠：遭到了活埋。
各国人民的心灵
灼痛：我们的人被害！

那片疆土刚才还被称为
兄弟之邦——泪雨洒遍！
胖子，庆贺这次骗局吧！
诡计已经得逞！

胖子，向犹大致敬吧！
而我们，良心未泯：
地图上有一个地方
渺无人烟，这是我们的光荣。

1938年11月19日至22日

4
一名军官

> 在苏台德山区，在捷克边境的森林地带，有一位军官率领着二十名士兵；他把士兵留在森林里，独自走到大路上向逼近的德国人射击。他的下落不明。
>
> （1938 年 11 月份报载）

捷克的一座
枝叶蓊郁的森林。
那是——
1938 年。

哪月哪天？——山峰的回声：
“那一天，德国进攻了捷克人！”

美丽的森林，

暗淡的天色。
二十名士兵，
一名军官。

高高的前额，圆圆的面庞，
军官警惕地保卫着边疆。

我的森林，就在身边，
我的灌木，就在身边，
我的家园，就在身边，
这个家园，是我的！

森林，我决不放弃，
家园，我决不放弃，
边疆，我决不放弃，——
寸土也不放弃！

枝叶阴森。

心头震惊：
是普鲁士人的脚步声？
还是心跳阵阵？

我的森林，永别了！
我的生涯，永别了！
我的边疆，永别了！
这边疆，是我的！

即使全部边疆——
沦丧于敌人的铁蹄！
我，脚下的一块石头，
也决不放弃！

军靴的杂沓声。
“德国人！”一片树叶在说。
钢铁的轰隆声。
“德国人！”整个森林在说。

“德国人！”高山与深谷
回荡着这个声音。
他离开了士兵。
那是军官，一个人。

迅速走出小树林，
他握着一支手枪去迎击敌人的大军！

一声枪响。
传遍整个森林！
森林：掌声频频！
整个森林是一片掌声！

当他把子弹射向德国人的身上——
整个森林向他鼓掌！

槭树、松树、
针叶、叶簇，
整个茂盛的

丛林，处处——

传扬着
美好的消息：
得救了，
捷克的荣誉！

因为国家
没有投降，
因为战争
毕竟曾经发生！

我的边疆，万岁！
啃吧，先生！
……二十名士兵，
一名军官。

1938年10月至1939年4月17日

三月

1
（摇篮曲）

很久以前，在所有的乡村，
女子在睡意蒙眬中低吟：
“睡吧，孩子！要不我把你交给
恶狗似的鞑靼人！”

在黑夜，在月夜，
在图林根[①]起伏的丘陵：
“睡吧，日耳曼人！要不我把你交给
瘸腿的匈奴人！”

如今——在波希米亚全国，

① 5 世纪图林根曾被匈奴占领。

在它的各个角落，你听：
“睡吧，波希米亚人！要不我把你交给
德国人希特勒先生！”

1939年3月28日

2
废墟

袭击瓦茨拉夫城[①]，
好像野火燎原……

赏玩波希米亚的琢磨工艺[②]！
好像火山灰湮没庭园，

---

① 即布拉格。圣瓦茨拉夫公爵（约908—929）被认为是捷克及其首都的守护神。

② 捷克斯洛伐克很久以来就以琢磨玻璃和水晶的工艺而闻名于世。

好像暴风雪湮没界标……
捷克人，你们说，伊甸园

还剩下什么？—— 一片废墟。
——瘟神就是这般取悦墓地！

* * *

袭击瓦茨拉夫城，
好像野火燎原，

向我们宣布最后的限期，
好像洪水漫到窗前。

好像火山灰湮没庭园……
俯视着桥梁和广场，

双尾雄狮在哭泣、哭泣……

——瘟神就是这般取悦墓地！

* * *

袭击瓦茨拉夫城，
好像野火燎原。

扼杀而毫不手软，
好像火山灰湮没庭园：

“有活人吗，你们说话呀！”
布拉格——比庞贝还要荒凉：

足迹、人声，我们徒劳地寻觅……
——瘟神就是这般取悦墓地！

1939年3月29日至30日

3
鼓声

在波希米亚的城镇，

阵阵鼓声在嘟哝什么？

——投降，投降，投降！

没有荣誉、没有战斗的地方。

人们的额头布满愁云惨雾，

忧心忡——忡……

——咚！

咚！

咚！

在波希米亚的城镇——

或许那不是鼓声

（群山在埋怨？岩石在低诉？）

而是在温和的捷克人心中

响起的愤怒的

雷霆：
——哪里是
我的
家园？[①]

在死寂的城镇，
鼓声宣告：
——乌鸦！乌鸦！一只乌鸦
出现在格拉德昌城堡！
在结着冰花的窗口，仿佛嵌在镜框里
那是（嘭！嘭！嘭！）
匈奴！[②]
匈奴！
匈奴！

1939 年 3 月 30 日

① “哪里是我的家园？”是其时捷克的国歌首句。

② 指希特勒的一张照片，他正从格拉德昌城堡的窗口看着被占领的布拉格。茨维塔耶娃在她的文献资料中保存了当初法国报纸所刊载的这帧照片。

4
致德国

啊，苍翠的群山之中，
一个娇艳绝伦的处子——
德国！
德国！
德国！
可耻！

侵占了半幅地图，
啊，星之魂[①]！
从前，你用童话令人着魔，
如今，你的坦克横冲直撞。

在捷克的农妇面前——

---

① 星之魂在这里意为远离人世的一切的心灵、精神，暗示德国是浪漫主义的故乡。

你不眨一眨眼睛，
让成群的坦克
碾过她寄以希望的麦田？

面对这个小国
无边的灾难，
作何感想，日耳曼人：
德意志的子孙？？

啊，狂妄！啊，自大的
木乃伊！
玩火自焚，
德意志！
疯狂，
你在制造
疯狂！

强者一定能挣脱

毒蛇的拥抱！

祝你健康，摩拉维亚[1]！

斯洛伐克，愿你振作！

进入水晶的地下[2]

——准备出击：

波希米亚！

波希米亚！

波希米亚！

敬礼！

1939年4月9日至10日

① 捷克东部一地区。

② 捷克斯洛伐克从事水晶的开采和加工。

5
三月

地图册——恰似一副纸牌：
已经彻底打乱！
每年三月都要祝贺：
开拓边疆，又是一片山川！[①]

三月的贡赋何等沉重：
土地和连绵的山脉——
好一个赌徒！
好一张赌台！

满把的王牌：
佩带勋章
昏庸颟顸的国王，
狡猾的——奴才。

① 法西斯德国于1938年3月占领奥地利，1939年3月占领捷克斯洛伐克。

“我要肉，也不吐骨头！”
老虎就是这样的赌徒。
全世界都会记住
三月的狂赌。

一场豪赌——
以欧洲的版图作赌注。
（竟要把格拉德昌山
变为塔尔佩伊岩[①]！）

罪恶的行径没有遭遇到
子弹，布拉格的子弹。
布拉格算啥！维也纳又算啥！
冲向莫斯科，敢是不敢！

捷克的泪雨，布拉格的冤仇，
罪恶昭著。

---

① 古罗马把判处死刑的人从塔尔佩伊岩掷下。

切记，切记，切记，元首，
三月望日[①]！

1939年4月22日

6
拿了……

捷克人走到德国人跟前啐唾沫。

（见1939年3月份报载）

拿得真快，真豪爽：
拿了山脉又拿了矿藏，
拿了煤炭又拿了钢，
还有我们的水晶和铝矿。

拿了糖又拿了苜蓿，

---

① 古罗马历公元前44年的3月15日，恺撒在这一天被刺。

拿了西部又拿了北部，
拿了蜂箱又拿了干草垛，
拿了我们的南部和东部。

发利[①]——拿了，塔特拉[②]——也拿了，
拿了近处又拿了远方，
可是比夺去乐园更令人痛惜！——
夺去了为祖国而战的战机。

拿去了子弹又拿去了枪，
夺过支援之手，夺走了友谊……
但是只要嘴里还有一口唾沫，那就是
全民武装！

1939 年 5 月 9 日

---

① 卡罗维发利。
② 塔特拉山脉。

7
丛林

见过伐木？砍伐——
就是砍伐！棵棵橡树倒下。
刚刚砍死——又是一片青苍。
丛林——不会灭亡。

正像死去的丛林，
顷刻之间，绿波荡漾！——
（苔藓恰似茸茸的绿色兽毛）
捷克人——不会灭亡。

1939 年 5 月 9 日

8

啊，热泪盈眶！

爱与恨的最强音！
啊，捷克泪水涟涟！
西班牙血迹斑斑！

啊，黑魆魆的大山
遮蔽了全部光明！
是时候了，是时候了，
该把造物主的入场券退还。[1]

我拒绝——生存。
在恶徒的疯人院里
生活——我拒绝。
同广场上的豺狼

一起嗥叫——我拒绝。

---

① 参阅陀思妥耶夫斯基的长篇小说《卡拉马佐夫兄弟》中伊万·卡拉马佐夫的话。他不承认要以无数巨大的痛苦为代价换取未来的“世界和谐”的观点，说：“我赶紧将我的入场券还回去。”

同平原上的鲨鱼
一起在累累伏尸上
漂流——我拒绝。

我不要耳朵，
也不要清澈的眼睛。
对于你这个疯狂的世界，
回答只有一个——拒绝。

1939年3月15日至5月11日

9

不是群魔追逐僧侣，
不是痛苦追随天才，
不是高山雪崩，
不是洪水的狂涛，

不是森林的熊熊烈火，
不是荒野里奔突的野兔，
不是风暴中狂舞的白柳，——
那是福里埃[①]——在追踪元首！

1939年5月15日

10
人民

子弹吓不倒他，
歌声也骗不了他！
我就那么站着，发愣：
——人民！了不起的人民！

这样的人民，连诗人——
大众的喉舌啊，——

① 罗马神话中形象恐怖的复仇三女神的总称。

连诗人也站着
发愣，——了不起的人民！

暴力未能得逞，
怀柔也是枉然，——
却想困死这样的人民？
困死——花岗岩！

（他坐着——在琢磨宝石，
还保存着一页短简……
你心里埋藏着——燃烧着！——
鲜红的石榴，他在**制造**——磁铁。）

……这个人从自己的胸膛
开采了**镭**，把它交出：给！
要在欧洲的心脏地带
把这样的人民活活埋葬？

上帝！如果你自己也是——这样的，
就不要同圣徒一起
为我钟爱的人民祈祷安息——
要让他们与生者一同奋起！

1939 年 5 月 20 日

11

你不会灭亡，人民！
上帝保佑你！
他赐予你石榴石的心脏，
赐予你花岗岩的胸膛。

愿你繁荣昌盛，
坚强如碑碣的人民，
炽烈如石榴石，
纯洁如水晶的人民。

1939 年 5 月 21 日，巴黎

图书在版编目(CIP)数据

除非 朝霞有一天赶上晚霞 /（俄罗斯）茨维塔耶娃著；娄自良译. -- 海口：南海出版公司，2016.1
ISBN 978-7-5442-7999-4

Ⅰ. ①除… Ⅱ. ①茨… ②娄… Ⅲ. ①诗集－俄罗斯－现代 Ⅳ. ①I512.25

中国版本图书馆CIP数据核字(2015)第208290号

除非 朝霞有一天赶上晚霞

〔俄〕玛丽娜·茨维塔耶娃 著
娄自良 译

出 版 南海出版公司 (0898)66568511
海口市海秀中路51号星华大厦五楼 邮编 570206
发 行 新经典发行有限公司
电话(010)68423599 邮箱 editor@readinglife.com
经 销 新华书店

责任编辑 黄宁群
特邀编辑 杨宇声 李佳婕
装帧设计 韩 笑
内文制作 周文彬

印 刷 北京中科印刷有限公司
开 本 850毫米×1092毫米 1/32
印 张 6.25
字 数 26千
版 次 2016年1月第1版
印 次 2016年1月第1次印刷
书 号 ISBN 978-7-5442-7999-4
定 价 35.00元